큰글
한국문학선집

박용철 시선집

떠나가는 배

일러두기

1. 원전에는 '한자[한글]'로 되어 있는 형태를 독자들의 이해를 돕기 위해 '한글(한자)'의 형식으로 모두 바꾸었다. 다만 제목의 경우, 한자를 삭제하고 한글로 표기하고 이를 각주를 달아 한자를 알아볼 수 있도록 하였다.
2. 이해를 돕기 위하여 편집자 주를 달았다.
3. 이 책의 목차는 시 제목의 가나다순으로 배열하였다.

목 차

'고운 날개'편

고운 날개를 너는 헛되이 나래질치나니
　푸른 하늘은 닿을 길 없어라
　꿈속의 길은 희미하여라
고운 날개를 너는 힘없이 나래질치나니

이 길은 어드메로 가는 길이오
저기 구름은 어느 발로 넘는다오
해는 누엿누엿 산마루에 걸리는데
하늘에는 집없는 새들만 가득히 날아드오

참으로 하루는 하루와 같거니
어느 날이 새삼스리 못 잊히느뇨

마주보는 거울에는
수없이 그림자가 비치어지나

끝간데 없이 비치이는 그림자

없는데 혼자 무서워하는 개같이
가끔가다 소리 높여 짖어도 보나
너는 참으로 무엇을 기다리느뇨

촘촘히 세운 소학생들 가운데
어느 것이 나의 슬픈 아들이뇨
비가 온다 비가 쉬임도 없이 그침도 없이
페이브멘트[1]의 어른거리는 물 우이를
에리[2]를 세우고 촉촉히 젖어 걸어간다
유연히 태연히
돌아갈 집, 고개를 수그리고 들어가야 할 대문
불기 없는 방
그는 다만 돌아다닌다.

문득 마음이 꽃같이 피어나는가 하면

---

1) pavement: 인도, 보도.
2) えり: 옷깃. 에리라는 일본어 대신 '칼라(collar)'라는 영어가 폭넓게 사용되고
   있다.

어느새 부끄럼에 고개 도로³⁾ 수그린다
행복에 피가 스물거리다가는
다시 불안에 가슴 두근거린다

외투깃을 세우고 바쁜 걸음 하는 사람아
너는 저쪽 비탈의 어드러한 집으로 돌아가느냐
내게 일러라 새야
너도 기다리는 한 동무게로 돌아가느냐
이제
나뭇가지의 그늘마다
그 으스무레한 가운데서 새로운 얼굴이 생겨나고

자네 말이

_____

3) 다시.

날 다려

이것을 모두 사랑하라는가

어떻게

내가 이 모든 것을 사랑할 수 있는가

내가 아름다운 것을 사랑하지 않던가

그러나 보게

내 마음을 날뛰게 하는 아름다움이 어데 있는가

   푸른 하늘과 잘 나는 볕

   또 굽이 고운 산천과 나무와 꽃

   말 말게

   저희는 그 우에 무슨 아름다움을 보탰는가

   저희는 무엇을 만들었는가

고향

고향은 찾어 무얼 하리
일가 흩어지고 집 흐너진데
저녁 까마귀 가을풀에 울고
마을 앞 시내도 옛자리 바뀌었을라

어린 때 꿈을 엄마 무덤 위에
남겨두고 떠도는 구름 따라
멈추는 듯 불려온 지 여남은 해
고향은 이제 찾어 무얼 하리

하늘가에 새 기쁨을 그리어 보랴
남겨둔 무엇일래 못 잊히우랴
모진 바람아 마음껏 불어쳐라
흩어진 꽃잎 쉬임 어디 찾는다냐.

험한 발에 짓밟힌 고향 생각
―아득한 꿈엔 달려가는 길이언만―
서로의 굳은 뜻을 남께 앗긴
옛사랑의 생각 같은 쓰린 심사여라.

▶▶▶『문예월간』(1931)

그 전 날 밤

님아 살아지이다
님아……………
길들은 사자처럼 화려한 침대속에
무심히 숨쉬는 그대를 지켜……아——
내언제 불길한 말을 질기더잇가
마는
그대여 죽지 말아지이다
세상이 살음직하지 안하닛까
하날은 저렇듯 그지없이 높푸른데
감나무에 붉은열매 동굿이 매달리고
은행닢은 금빛으로 아낌없이 저나리고

아즉도 우리는 젊지 않으닛가
이 하날아래 따우에 조고만 존재인 우리를

때때로 절망이 어여뿐 인어갈이 손처부르나
그거마자 달금하지 않으닛가

샛별같이 맑은 나의눈이 아즉 흐려지지 않았내다
그대의눈이 이를 보암즉하지 않으닛가
옥보담 고은 살결이 주름 잡히지 않았나니
그대의 손이 예서 차마 떠나지 못하리다
그대여 다만 살아지이다
나는 사라지기 쉬운 곻은 구름이요
흩어지기 쉬운 장미가 아니릿가
쇠로 다진 배도 험한 물결에 깨지거든
이 세상의 물ㅅ결이 험치않다 하나잇가

이 하날에 닿은듯 싶은 사랑이 날마다 새높이를 열어

날마다 사랑의 무한우에 새로 한 층게를 올리라니
우리의 사랑의 날이 앞으로 길지 않으닛가

어찌 맞남이 늦고 나뉨이 쉬우려 하나잇가
비오는 날이면 먼데 가시지도 않든 그대가 아니오닛가
그대여 어찌 이러한 일이 있으릿가

이 세상의 여러가지것들 다 버려두고
힌 옷가슴에 꽂은 한송이 꽃같은 내 마음만을 위해서
라도
그대여 다만 살아지이다
저 나라는 어둡고 칩지 않으릿가
사랑하는이도 딸아갈수없는 그림자조차 없는 치운따
이 아니오닛가

그대여 어찌 가시리잇가

설은철이 따로이 있으릿가 마는
우리의 즐검가운대서도 가을의 설음을 말하지 않으섯
나잇가
그대 만일 아니게시오면
국화의 향기는 다만 쓸뿐이오
달도 공연히 밝고 가을밤은 길 뿐이겟나이다
기럭이 소리는 다만 눈물이겟나이다
그러다 겨울이 오면 그대의 무덤은 차겁지 않으릿가
가깝다 하옵데다마는 눈같이 깨끗한 내가
어찌 봄을 기다리고 남어 있으릿가

그대여 살아지이다

나의 온갖 정욕에 찬 궂은 맘과
아름다운 꿈으로 무리쓴 생각으로 돌보아
님아 죽지 말아지이다
나의 젊은피가 흐르는 살을 사뤄 비노니
너는 이앞에 머리숙이지 않으려느냐, 죽엄아

▶▶▶『시원』(1935)

기다리던 때

솔 사이를 어른어른

올라오는 그의 얼굴

얼핏 내려다본 나의 마음

  ○○○○ ○○○○ ○○○○ ○○○○

살짝이 등지고 앉아서

반 이운 꽃을 가여워하는 듯

피어나는 꽃을 어여뻐하는 체

뒤에 들리는 발자취만

  ○○○○ ○○○○ 기다리네

  ○○○○ ○○○○ ○○○○ ○○○○

  ○○○○ ○○○○ 와 멈추는 발자취

귀 뒤에 들리는 숨소리

무슨 장난을 하려는 듯

  ○○○○ ○○○○ ○○○○ ○○○○

자석에 끌리는 바늘같이
햇발 따라 돌아가는
해바라기 송이같이
틀었던 내 얼굴
하염없이 돌아가니 ○○○○
오 나의 해 ○○○○ 별 ○○○○ 달
　　○○○○ ○○○○ 나의 사랑!

기원

우리는 구하는 것 없는 무리올시다
우리가 무엇을 바란다 하오리까
다만 한 점 시원한 것을
우리의 가슴에 주시옵소서 가르쳐

시끄러운 무리 속에서 멀미에 어지럽고
산중에 고독을 즐기기에 어질지 못합니다
이 두 사이 아닌 곳에
마음 가라앉아 살 곳을 주시옵소서

주여 우리를 용서하시옵소서
우리가 주책없이 웃을 때에 우리를 용서하시고
우리의 눈물로 보아 우리의 울음을 용서하시옵소서
속물들을 피하여 흙창 속으로 들어갈 때에

우리의 손을 이끌어주시옵고
세상을 건지려는 이들의 손에서 우리를 구하시옵고
다만 새로운 공기로 우리를 길러주시옵소서
우리가 취하고 멀미하고 어지러워 비척거릴 때
무엇보다 우리를 사람 훈기에서 구하시옵소서

벗어진 산같이 거리낄 데 없이 밋밋한 우리의 하루를
이로 살리시옵고
우리의 손이 할 바를 모를 때에 우리의 손을 놀게
하시고
우리의 마음이 당나귀같이 말을 듣지 아니할 때에
우리 우에 멍에를 얹지 마시옵소서

가진 것이 없는 우리에게서 슬퍼하는 마음을 마저 빼

앗으시고
  장승같이 아침을 기다리게 하시옵소서

나는 그를 불사르노라

나는 그만 그이를 불사르노라.
나의 애끼고 사랑하는 모든 것을 가지신 그이를.
한줌 재나 남을까! 불에 살라 올리노라.

검고 사나운 땅이 그에게 알맞지 않아
하얀 연기를 다만 멀리 높이 살라 올리려.

하늘조차 파랗지 못하고 희부옇게 흐리어,
검고 붉고 누른 골짜기 주름에
한줄기 생기있는 시냇물도 흐르지 않고,
벌거벗은 가지에 숨어 있던 바람만이
가만 오르는 흰 연기를 가만있지 못하게 나부껴주느니.
삼천광년(三千光年)보다 더 머언 곳으로 그를 잃어버리고 련금학자(鍊金[4]學者)도 아닌 나는 잿속에서 무슨 금을 찾을 거냐?

　　중한 보배구슬을 손수 산산 깨트리는
　　세상없는 귀한 향을 진흙에 파묻어버리는 심사는.
　　쓰나쓴 쓸개를 씹는 대로 삼켜가며
　　험상한 바위에 몸을 퍼더버리고 앉아 있노니.

---

4) 쇠붙이를 불에 달구어 두드려 단련함.

나는 네 것 아니라

나는 네 것 아니라 네 가운데 안 사라졌다
   안 사라졌다 나는 참말 바라지마는
한낮에 켜진 촛불이 사라짐같이
   바닷물에 듣는 눈발이 사라짐같이,

나는 너를 사랑는다, 내 눈에는 네가 아직
   아름답고 빛나는 사람으로 비친다
   너의 아름답고 빛남이 보인다

그러나 나는 나, 마음은 바라지마는 ―
   빗속에 사라지는 빛같이 사라지기.

오 나를 깊은 사랑 속에 내어던지라
   나의 감각을 뽑아 귀 어둡고 눈 멀게 하여라

너의 사랑이 폭풍우에 휩쓸리어
　몰리는 바람 앞에 가느단 촛불같이.

너의 그림자

하이얀 모래
가이없고

적은 구름 우에
노래는 숨었다

아지랑이 같이 아른대는
너의 그림자

그리움에
홀로 여위어간다

눈

나아가자고나 나아가자고나
새로 쌓인 눈 우이를
눈 우에는 발자취가 남는다
순아 눈 우이를 걸어가자

눈의 품은 사람 세상보다 다숩다
순아 우리 눈 우이를 걸어가자

우리 앞은 끝없는 새 눈이오
우리 뒤엔 새길이 열려진다
순아 우리 눈 우이를 걸어가자

우리 길은 우으로 향하였다
세 걸음씩 한꺼번에 뒤으로 미끌린다

우리는 열 걸음씩 앞으로 나아간다

그애의 옷과 살은 눈같이 희다
그대 머리는 솔나무숲같이 검다
나는 이 속에서 너를 잃어버리겠다
순아 눈 우이를 걸어가자

우리의 몸과 마음 눈과 같이 맑아져
눈과 같이 가볍게 팔팔 날아오르련다
순아 우리 눈 우이를 가볍게 날아가자

눈

눈이 어리게 아장거리는 애기같이 비척여 나려올 때
나는 가슴을 풀어놓아 이를 맞습니다

눈이 파슬거리는 소리를 내며 쌀쌀히 뿌려올 때에
나의 차가운 이마는 그 외로운 생각에 잠깁니다

눈이 가벼운 옷자락을 오히려 꽃잎같이 휘날릴 때면
나는 저 순결 속에 어디 그런 방탕한 몸짓이 감추었나
의심합니다

내가 천년 앞서 나의 사포와 꽃없는 언덕을 거닐 적에
눈은 그 흠없는 비단을 우리 위해 얇게 깔아주었습니다

우리는 그 우이를 걸었습니다 발자취도 남기지 않고

우리는 팔팔팔 피어올라 그 우이를 날아갔습니다

눈이 고요와 광명을 어울러 짠 무늬를 땅 우에 펼 때
아무도 손 닿을 수 없이 높은 저 별을 딸 수는 없습니다

눈은 나리네

이 겨울의 아침을
눈은 나리네

저 눈은 너무 희고
저 눈의 소리 또한 그윽하므로

내 이마를 숙이고 빌까 하노라

님이여 설운 빛이
그대의 입술을 물들이나니

그대 또한 저 눈을 사랑하는가

눈은 나리어
우리 함께 빌 때러라.

다시

돌돌거리는 물조차 말라붙은
험상한 바위틈에 앉아
흐린 하늘을 바라보노라
벗은 가지를 보노라
피어오르는 연기를 보노라

헛되다는 말도 헛되어라

어린 마음아
고운 마음아
너도
이같이 말라붙고
옹그라져
이 험한 바위가 되렴아

너를 차마 사르다니
무언 다시 안 사르랴

단상⁵⁾ 1

가끔 가끔(새삼스리)
살기가 싱거워집니다
그렇다고
앨써 죽기야 또 어찌합니까
그러기에
한 다리를 끌고 절름발이 걸음을 걷습니다

잊고 살다가도
돌쳐보면 싱거웁지요
앨써 살 값도 없지요마는
그렇다고
앨써 죽기는 또 힘들지요

---

5) 斷想: 생각을 끊음.

우리 웃음은 속이 비이고
기쁘단 말은 자전(字典)에서도 지워지오

나는 아주 비관하기로 결심을 했소

단상[6] 2

괴로움 쓰라림을 달게 받고 살라 함은

예부터 점잖은 이 일러오는 말이지요

그러나 나는 원수나 갚는 셈치고 씹어삼키고 삽니다

살기가 싫은 날이 문득 가다 있사와요

마음 없이 살 적보다 그런 날이 값 있지요

일하지 않고 사는 새가 되려 부러웁소

한번 태어나기가 어디 그리 쉬운 일이오

이렇게 될작시면 차라리 죽었겠소

---

6) 斷想

단편

이 길은 어드메로 가는 길이오
저기 구름은 어느 발로 넘는다오
해는 뉘엿뉘엿 산마루에 걸리는데
하늘에는 집 없는 새들만 가득히 날아드오

고운 날개를 너는 헛되이 나래질치나니
푸른 하늘은 닿을 길 없어라
꿈속의 길은 아득하여라
고운 날개를 너는 힘없이 나래질치나니

더 높아져라 닿을 길 없이 높아지거라
머언 하늘 푸른 사리 그윽히 빛나거라
내 맘의 맑은 샘에 네 얼굴 잠기나니
별같이 차신 님을 그려봄만 자랑이리.

달밤 모래 우에서

갈대 그림자 고요히 흩어진 물가에 모래를
사박 사박 사박 사박 거닐다가
나는 보았습니다 아아 모래 우에
자빠진 청개구리의 불룩하고 하이얀 배를
그와 함께 나는 맡았습니다
야릇하고 은은한 죽음의 비린내를

슬퍼하는 이마는 하늘을 우러르고
푸른 달의 속삭임을 들으려는 듯
나는 모래 우에 말없이 섰습니다

동지[7]

북녘을 바라보니 잎 떨어진 마른 가지 사이로 흰구름 장이 들어갈 뿐이로다

얼근히 취하여 누웠으면 밤낮을 분간치 못할소니 내게 동지(冬至)가 무엇이랴

---

7) 冬至: 24절기의 하나. 대설과 소한 사이에 들며 태양이 동지점을 통과하는 때인 12월 22일이나 23일경이다. 북반구에서는 1년 중 낮이 가장 짧고 밤이 가장 길다.

두 마리의 새

― 회색의 배경 앞에 나란히 앉은 두 마리의 새
  이 두 마리의 새는 세상을 서로 등지고 있다
  하나는 심장이 병들고 하나는 가슴이 아프다

누이야 그래 네 심장이 물마른 데 뛰는 고기처럼 두근
거리느냐
마른 잎사귀같이 그냥 바숴지려 하느냐
기름 마른 빈 물레 돌아가듯 돌아간단 말이냐
아 ― 애처로워라 그럼서도 너는 걱정이
오빠의 얼굴빛이 핏기없이 누르다는 것
가슴에 피는 동백꽃잎이 배앝어나오는 것
아 ― 우리의 손이 서로 닿으면 하얀 초같이 씨늘하고나

메마른 황토의 이 나라에 옴츠린 이 지붕 아래 태어난

우리라

　무슨 기쁨 어느 즐검을 하늘 끝으로 실려보내고 살아
왔지만

　금비단 장막을 바라고 몸소 머리 좋는 우리다

　빈사의 백조는 날개나 찬란스럽다더라

　변변치 못한 우리의 날개는 젖은 병아리같이 애처롭
구나

　우리는 아부지 어머니 다 잃어버린 다만 두 마리 병든
새아기

　이 무슨 바람이길래 가지가 이리 오들오들 떨려진다냐

떠나가는 배

나 두 야 간다
나의 이 젊은 나이를
눈물로야 보낼거냐
나 두 야 가련다.

아늑한 이항군들 손쉽게야 버릴거냐
안개같이 물어린 눈에도 비치나니
골짜기마다 발에 익은 묏부리[8] 모양
주름살도 눈에 익은 아, 사랑하던 사람들

버리고 가는 이도 못 잊는 마음
쫓겨가는 마음인들 무어 다를거냐

---

8) '멧부리(산등성이나 산봉우리의 가장 높은 꼭대기)'의 옛말.

돌아다보는 구름에는 바람이 헤살짓는다
앞 대일 언덕인들 마련이나 있을거냐

나 두 야 가련다
나의 이 젊은 나이를
눈물로야 보낼거냐
나 두 야 간다.

▶▶▶『시문학』(1930)

로-만스9)

너희는 이를 갈쳐 어리석다 부르느뇨
내 생명의 불길이 이제 차츰 줄어들어
세상에 대한 욕망이란 연기같이 사라질 제
오히려 저를 만나 한마디 말씀 하려 함을.

저의 손 내 가슴에 두 손으로 부여안고
그리 못한다면 얼굴 가만히 보람으며
그도 못한다면 고개 깊이 숙이고
다만 할 말은 그대여 나를 용서하라.

하찮은 다툼이 아니런가
부질없는 자랑이 아니런가

---

9) romance(남녀 사이의 사랑 이야기, 또는 연애 사건).

서로 마음의 고향을 등지고
돌아올 길을 막았더니.

수많은 꿈에만 거리낌없이
그대 발 아래 엎드렸으나
오 ― 말하라 그대 또한
아니 그러하였던가.

그대 찬란한 의상에 빛나고
웃음의 걷는 걸음 앞에 가지나
네 마음속을 깨무는 어둠을
내사 안단다 보았더란다.

나의 가슴속에 맺혔던 원한의

매듭 매듭 이제 사라지고
지는 해 온 들에 분홍물 들임같이
뉘우침이 고이 나려오고

쌓였던 눈이 어찌 단번에 슬림같이
애틋한 정에 마음 녹아 흐르려나니
그대여 그대의 닫히운 정을 풀어놓아
용서의 넓은 바다 우에 떠서 이리로 오라

두 손 안고 얼굴 가만히 보람으며
다만 할 말은 그대여 나를 용서하라
둘이 맘 다시 사 궤 맞춤같이 어울려 녹는 사이에
나는 영원의 평화와 잠의 나라로 떠나가련다

마음의 추락

천길 벼랑끝에 사십도 넘어 기울은 몸
하는 수 없이 나는 거꾸러져 떨어진다
사랑아 너의 날개에 나를 업어 날아올라라.

막아섰던 높은 수문 갑자기 자취없고
백척수(면)차(百尺水(面)差)를 내 감정은 막 쏟아진다
어느때 네 정(情)의 수면이 나와 나란할꺼나.

만폭동10)

백만 소리 속에
너는 또 그 속 고요를 지켜.

털끝만한 움직임
웃어보임 없으나

영원한 멜로디11)로
너는 흔들리우고

그윽한 웃음

---

10) 萬瀑洞(내금강에 있는 명승지). 내금강의 상봉인 비로봉과 중향성 일대의
   물이 기암괴석으로 이루어진 계곡을 따라 골골마다 나뉘어 흘러오다가 하나로
   모이는 곳.
11) melody. 우리말로는 가락. 음의 높낮이의 변화가 리듬과 연결되어 하나의
   음악적 통합으로 형성되는 음의 흐름, 또는 음향의 형태.

네 모습에서 풍기어난다.

걸친 거 없이
천연스러운 너.

빛깔도
너를 가리지 않아

안에서 스사로 트이고
시울다아 아니 넘는다.

형상(形象)을 짓지 않는다
너는 통이 정신(精神).

너는 부드럽고
너는 자랑 없다.

▶▶▶『삼천리문학』(1938)

망각

오오 아름다운
망각

너 곧 아니더면
하느님도 별수없는 소학생
그릇친 습자지(習字紙)는 고대 부벼
휴지통에 버려야 하는 것을

새벽마다 물장수의 삐걱거리는 지게는
물마른 물독들의 기울인 귀를 찰찰 넘쳐준다
한물림 한물림 조심스레
아기자기한 태엽을 감아주는
손은
뉘냐

참말 보드라운 칠판닦기
네가 지우고 간 자욱을 더듬어 읽는
그 기인 손가락 가진 맹인의 기이한 미소

밤낮
스타-트¹²⁾만 고쳐 하는
단거리연습
아 ― 인생은 즐거웁다

---

12) start(시작하다).

무덤과 달

몸은 사라져 넋이만 남은 듯이
다만 한줄기 생각만 살아돈다

　　해파란 저 달빛을
　　이 몸에 비취고저
　　온밤을 비취고저
　　오랜 병에 여윈 뺨에
　　피 어리어 싸늘한 이 몸에
　　햴쓱한 저 달빛을
　　옴시런이 비취고저

검은 솔그림자 어른거리는
달빛 하이얀 풀잎 우에
한줄기 생각이 살아돈다

핼쑥한13) 달빛이 은실을 흘려
생각마저 얽히어 녹아져
하이얀 그림자 아지랑이같이
사라져간다 사라져간다

---

13) 핼쑥하다(얼굴에 핏기가 없고 파리하다).

무제

아 — 그러나
고향! 고향!
이 말 속에는 무상(無上)14)의 명령이 숨어 있네
나는 억센 팔짱에서 몸을 뻗치려 부둥거리는 애기와
같이
나의 가슴은 두 쪼각으로 뻐개지려 하네
여보게
내가 이 고향을 사랑하지 않게 되는 수를 가르쳐주게

눈은 감고 다니게
귀는 막고 다니게
그렇지 않거든 여기를 버리고 가게

---

14) 그 위에 더할 수 없음.

밤

마음아 너는 더 어질어 지렴아
너는 다만 헛되이……………………
아 ─ 진실로 헛되지 아니하냐

남국의 어리석은 풀닢은
속임수많은 겨을날 하로햇빛에 고개를 들거니.

가믄 하날에 한조각 뜬구름을 바랄고
팔을 벌려 볼타오르는 나무가지같이.

오 ─ 밤ㅅ길의 이상한 나그네야
산기슭 외딴집의 그믈어가는 촛불로
네 희망조차 헛되이 날뛰려느냐 아 ──

그 현명의 노끈으로 그 희망의 목을 잘라.

걸으라 걸으라 무거운 짐 곤한다리로
걸으라 걸으라 가도 갈길없는 너의 길을
걸으라 걸으라 불꺼진숯을 가슴에안아
새벽 돌아옴 없는 밤을 걸으라 걸으라 걸으라.

▶▶▶『시원』(1935)

밤기차에 그대를 보내고

1

온전한 어둠 가운데 사라져버리는
　　한낱 촛불이여.
이 눈보라 속에 그대 보내고 돌아서 오는
　　나의 가슴이여.
쓰린 듯 비인 듯한데 뿌리는 눈은
　　들어 안겨서
발마다 미끄러지기 쉬운 걸음은
　　자취 남겨서.
머지도 않은 앞이 그저 아득하여라.

2

밖을 내여다보려고 무척 애쓰는
　그대도 설으렸다.
유리창 검은 밖에 제 얼굴만 비쳐 눈물은
　그렁그렁하렸다.
내 방에 들면 구석구석이 숨겨진 그 눈은
　내게 웃으렸다.
목소리 들리는 듯 성그리는 듯 내 살은
　부대끼렸다.
가는 그대 보내는 나 그저 아득하여라.

3

얼어붙은 바다에 쇄빙선같이 어둠을
　　헤쳐나가는 너.
약한 정 후리쳐 떼고 다만 밝음을
　　찾어가는 그대.
부서진다 놀래랴 두 줄기 궤도를
　　타고 달리는 너.
죽음이 무서우랴 힘있게 사는 길을
　　바로 닫는 그대.
실어가는 너 실려가는 그대 그저 아득하여라.

4

이제 아득한 겨울이면 머지 못할 봄날을
　　나는 바라보자.
봄날같이 웃으며 달려들 그의 기차를
　　나는 기다리자.
'잊는다' 말이들 어찌 차마! 이대로 웃기를
　　나는 배워보자.
하다가는 험한 길 헤쳐가는 그의 걸음을
　　본받어도 보자.
마침내는 그를 따르는 사람이라도 되어보리라.

▶▶▶『시문학』(1930)

부엉이 운다

1

부엉이 운다

부엉이 운다

밤은 깊으고 바람은 불고 구름 덮인데

부엉이 운다

눈은 엿같이 몸이 엉기는 어둠 가운데

부엉이 운다

어둠 가운데 외딴집 하나

불은 희미히 창을 비춘다

부엉이 운다 불이 깜박인다

부엉이 운다 불이 까물친다

2

부엉이 운다

부엉이 운다

이슬에 젖어 측은한 풀잎 쓰러져 눕고
부엉이 운다
검은 땅에서 모를 그림자 뽑아오르고
부엉이 운다
무덤가에서 헤매는 늑대
꼬리 늘이고 고개 숙이고
부엉이 운다 불이 깜박인다
부엉이 운다 불이 까물친다

3

부엉이 운다
오 — 무엇을 부르는 울음
네 — 무엇을 불러내느냐
부엉이 운다
부엉이 운다

모든 이야기 가운데 사는
머리푼 귀신 피묻힌 귀신
부엉이 운다
부엉이 운다
구름 밑에서 땅 우에까지
키를 뻗지른 귀신상같이
휘 ― 휙 불어 지나는 바람
부엉이 운다 불이 깜박인다
부엉이 운다 불이 까물친다
오 ― 불은 아주 사라져버리다
부엉이 운다
부엉이 운다
· · · · ·

비

비가 조록조록 세염없이 나려와서···

쉬일 줄도 모르고 일도 없이 나려와서···

나무를 지붕을 고만히 세워놓고 축여준다···

올라가는 기차소리도 가즉히 들리나니···

비에 흠출히 젖은 기차모양은 애처롭겠지···

내 마음에서도 심상치 않은 놈이 흔들려 나온다···

비가 조록조록 세염없이 흘러나려서···

나는 비에 흠출 젖은 닭같이 네게로 달려가련다···

물 건너는 한줄기 배암같이 곧장 기어가련다···

검고 붉은 제비는 매끄름히 날아가는 것을···

나의 마음은 반득이는 잎사귀보다 더 한들리어···

밝은 불 켜놓은 그대의 방을 무연히 싸고돈단다···

나는 누를 향해 쓰길래 이런 하소를 하고 있단가···

이러한 날엔 어느 강물 큰애기 하나 빠져도 자취도 아니 남을라···

전에나 뒤에나 빗방울이 물낯을 튀길 뿐이지···

누가 울어보낸 물 아니고 섧기야 무어 설으리마는···

저기 가는 나그네는 누구이길래 발자취에 물이 괸다니···

마음 있는 듯 없는 듯 공연한 비는 조록조록 한결같이 나리네···

비에 젖은 마음

불도 없는 방안에 쓰러지며
내쉬는 한숨 따라 '아 어머니!' 섞이는 말
모진 듯 참아오던 그의 모든 서러움이
공교로운 고임새의 무너져나림같이
이 한 말을 따라 한번에 쏟아진다

많은 구박 가운데로 허위어다니다가
헌솜같이 지친 몸은 일어날 기운 잃고
그의 맘은 어두움에 가득 차서 있다
쉬일 줄 모르고 찬비 자꾸 나리는 밤
사람 기척도 없는 싸늘한 방에서

뜻없이 소리내인 이 한 말에 마음 풀려
짓궂은 마을애들게 부대끼우다

엄마 옷자락에 매달려 우는 애같이
그는 달래어주시는 손 이마 우에 느껴가며
모든 괴롬 울어 잊으련 듯 마음놓아 울고 있다

빛나는 자취

다숩고 밝은 햇발 이같이 나려흐르느니
숨어 있던 어린 풀싹 소근거려 나오고
새로 피어 수줍은 가지 우 분홍 꽃잎들도
어느 하나 그의 입맞춤을 막아보려 안 합니다

푸른 밤 달 비췬 데서는 이슬이 구슬 되고
길바닥에 고인 물도 호수같이 별을 잠급니다
조그만 반딧불은 여름밤 벌레라도
꼬리로 빛을 뿌리고 날아다니는 혜성입니다

오 — 그대시어 허리 가느단 계집애 앞에
무릎 꿇고 비는 사랑을 버리옵고
몸에서 스스로 빛을 내는 사나이가 되옵소서

고개 빠트리고 마음 떨리는 사랑을 버리옵고
은비둘기같이 가슴 내밀고 날아가시어
다만 나의 흐린 눈으로 그대의 빛나는 자취를 따르게
하옵소서

사랑하든 말

내가 그날에 사랑해 만지든 말이 이제 내 눈앞에 있다,
그 털의 윤택함 빛나는 흰눈ㅅ자위 뒤ㅅ다리의 탐스
러움
자랑스럽든 그태도를 어디하나 남겨있진 않으나,
나는 다만 깊히백인 사랑의 총명함으로 알아볼수 있
느니.

여기 멍에아래 마차 끄으는 추렷한 말은
그시절 봄날빛아래 금잔디 넓은 마당에서
호-롱소리치며 네굽놓고 달리다가 가볍게 잔거름놓든
그 아름답든 나의사랑하든 망아지 그놈이다.

저의 두눈은 굴러 하날을 처다볼 생각도없이,
저의 네발은 따에서 두자 뛰여오를 기운도없이,

쉴틈없이 내리는 채찍에 몰려다니다가는
목에 여물통을 건대로 배채울것을 먹고있다.

나는 넘처오르는 가슴과 떨리는 주먹으로 디려다보며,
눈을 감지도못하고 깊고높은 하날로 돌려바리도 못한다.

　　　　　　　　—심부편(沈痛篇)에서—

　　　　　　　▶▶▶『시문학』(1930)

새로워진 행복

검푸른 밤이 거룩한 기운으로
온 누리를 덮어싼 제,
그대 아침과 저녁을 같이하던
사랑은 눈의 앞을 몰래 떠나,
뒷산 언덕 우에 혼잣몸을 뉘라.
별 많은 하늘 무심히 바래다가
시름없이 눈감으면.
더 빛난 세상의 문 마음눈에 열리리니,
기쁜 가슴 물결같이 움즐기고,
뉘우침과 용서의 아름답고 좋은 생각
헤엄치는 물고기떼처럼 뛰어들리.
그러한 때, 저 건너,
검은 둘레 우뚝이 선 산기슭으로
날으듯 빨리 옮겨가는 등불 하나

저의 집을 향해 바쁘나니,

무서움과 그리움 섞인 감정에

그대 발도 어둔 길을 서슴없이 달음질해,

아늑한 등불 비치는데 들어오면,

더 아늑히 웃는 사랑의 눈은

한동안 멀리 두고 그리던 이들같이

새로워진 행복에 부시는 그대 눈을 맞아 안으려니.

선녀15)의 노래

눈물짓지마 눈물짓지마

꽃은 새해에 다시피려니―키―ㄹ스

느릿한 나래질로, 나는공중 떠다닌다.

끝없는 시냇물은 흘러흘러 나려간다.

젊은이야 가슴뛰여 하지말아.

저기파란 휘장드린 밝은창이 반쯤만 열려졌음 너를기

달림이라고

··· 느릿한 나래질로 나는공중 떠다닌다.

젊은이야 가슴죄여 하지말아

달을잠근 맑은새암 같은눈이

곤웃음 지어보냄 너를괴려함이라고

---

15) 仙女

· · · 끝없는 시내ㅅ물은 흘러흘러 나려간다.

너로해서가 아니란다 내아이야

탐스러운 한송우리 모란꽃은
네눈기뻐 하렴인줄 믿지말아
지나는 나비하나 어느결에 품에든다.
· · · 느릿한 나래질로 나는공중 떠다닌다.

솔닢사이 지저괴는 미영새를
네귀맞훈 노래인줄 아지말아
둘(이)만나 깃부디(치)며 건넌골로 사라진다.
· · · 끝없는 시내ㅅ물은 흘러흘러 나려간다

알어라 내아이야 너로해서가 아니란다.
· · · · 끝없는 시내ㅅ물은 흘러흘러 나려간다

아 그런줄 알았거든 그러한줄 알았거든
머리들어라! 눈물에 싲긴얼굴
깊은물속 헤여나온 얼굴같이

엄숙하게 전에없든 빛나려니
내아이야 외롬참고 사는줄을 배호아라

느릿한 나래질로 나는공중 떠다닌다
끝없는 시내ㅅ물은 흘러흘러 나려간다

센티멘탈[16]

1

포름한 하늘에 햇빛이 우렷하고
은빛 비늘구름이 반짝 반득이며
'나아가자꾸나 나아가자꾸나'
가자니 아 ─ 어디를 가잔 말이냐

솔나무 밑에 발을 멈추다 ─
잔디밭에 가 퍽 주저앉다 ─
아 ─ 그러지 않아 탁가운 가슴을
왜 이리 건드려 쑤석거려내느냐

---

16) sentimental. 정서적인, 감상적인.

가을날 우는 듯한 바이올린소리 따라
마련없는 나그네길로 나를 불러내느냐
무엇 찾아야 할 줄도 모르는 길로
발사슴하는 욕망에 가슴 조이며 걸으랴느냐

2

저 넓은 들에 누른 기운이 움직이고
저기 사과밭에 붉은빛이 얽혀지는데
병풍같이 둘린 산이 의젓이 맞는 듯하고
훤칠한 큰길이 끝없이 펼쳐 있는데

아 — 이 하늘 아래 이 공기 속에
열매 익히는 저 햇빛 가득 담은 술잔을

고마이 받들어 앞뒤없이 취하든 못해도
눈감은 만족에 바다같이 가라앉지도 못하고

가슴에 머리에 넘치는 울음을
눈썹 하나 까딱이지 못하는 사람은

소악마[17]

내 심장은 이제 몹쓸 냄새를 뿜으며
가마 속에서 끓어오르는 콜타르 모양입니다.

가즉히 들리는 시냇물소리도 귀찮고
개구리울음은 견딜 수 없이 내 부아를 건드립니다.
내가 고개 숙이고 들어가지 아니치 못할
저 숨막히는 초가지붕을 생각고
나는 열 번이나 돌쳐서 나무칼을 휘둘러서는
애먼 풀잎사귀를 수없이 문지릅니다.

비웃어주는 별들도 숨어버리고
반 넘은 달이 구름에 싸여 희미합니다.

---

17) 小惡魔

힘없는 조으름이 온 나라를 다스리고
배고픔이 날랜 손톱으로 판장을 긁을 뿐입니다.

지리한 장마 속에 귀한 감정은 탕이가 피고
요행히 어리석음에 등말을 타고 돌아다녀서
난장이가 재주란답시 뒤궁구르면
당나귀의 무리는 입을 헤벌리고 웃습니다.

이러한 공격을 내가 어떻게 더 계속하겠습니까.
이제 내 감정은 짓부비어 팽개친
종이 부스러기 꼴이 되어 버려져 있습니다.

솔개와 푸른 소

1

새파란 하늘 아득히 높고
개아미 무리 다만 부지런하다.
나래든 솔개 훨씬 잡아두르고
닭의 무리 울밑에 몸을 숨기다.

아득함에 질리어 동그랗던 내 눈은
그만 앗지르르 내어둘리다.
'있으나마나!' 내 맘은 다만
절망에 가라……가라앉는다.

2

까만 바위낭 아래 푸른 소
모든 그림자를 늘름 삼키다.
조건 가지 끝에 감츠름한 새
그래도 제 그림자를 노래하고 있다.

이 크고 넓은 놈이 덮개 같아여
나는 벗어날 수 없이 붙들리어.
이만 악물면 겨우겨우 물러나는 듯하다,
숨만 늦추면 가슴살까지 도로 죄어들어.

눈감은 채 몸을 부르르 떨면
내어젓는 팔길까지 얽히었나니.

푸른 소 밑에 헡은 머리가 나를
절망에 잡아……잡아들인다.

시작사수¹⁸⁾

봄날이 즐겁다니 모두 다 거짓말이
숲 사이 새소리가 시름 더욱 자아낸다
님이야 한 님뿐이어니 마음 어데 붙이랴

내 마음 모진 줄이 님 떠나 모진 줄이
이 님을 떠나이고 차마 어이 남단 말이
님께야 바친 목숨이니 끝내 기려보리라

빗소리 나뭇잎소리 바람소리 새소리에
기리는 이 나뉜 님을 어느 한때 잊을 줄이
꿈에야 부러 만나뵈려니 잊고 살 줄 있으랴

산이야 멀다하랴 물이야 깊다하랴

---
18) 試作四首

하룻밤 꿈길에는 얼른 다녀오는 것을
이 자리 못 떠나는 몸을 안타까워하노라

시집가는 시악시의 말

나는 이제 가네.
눈물 한 줄도 아니 흘리고 떠나가려네.

어머니 치마로 눈을 가리지 마서요.
너희들도 다 잘 있거라.
새벽 빛이 아직도 희미해서 얼굴들이 눈에 서투르오.
다시 한번 눈이라도 익혀둡시다.
공연히 수선거리지들 말어요.
남의 마음이 흔들리기 쉬운 줄도 모르고.

황토 붉은 산아 푸른 잔디밭아 다 잘 있거라.
잔 자갈 시냇물도 잘 놀고 지나가라.
— 가면 아조 가나, 잔 사정 작별을 내 이리 하게!
봉선화야 너는 거년까지 내 손가락에 물들이었지?

순이야, 금이야, 남이야, 빛나던 철의 동모들아,
이제는 동모라는 말조차 써볼 데가 없겠고나,
너희들 땋-늘인 머리를 어디 좀 만져보자.

붉은 댕기 울 너머로 번득이는 자랑스러움,
거리낄 데 하나 없이 굴러가든 너희들 웃음,
이것이 어느새 남의 일같이 이야기될 줄이야!
손 하나 타지 않고 산골에 맑은 흰나리 꽃송이 같이,
매인 데 굽힐 데 없이 자라나던 큰아기 시절을
내 이제 뒤으로 머리 돌려 아까워할 줄이야!

눈물은 내서 무엇하니,
가고야 마는 것을! 가면 아주 가랴마는.

남는 너희나 그대로 있어줘다고, 내 다시 볼 때까지.

아버지 이 길은 무슨 길이길래,
눈물에 싸여서라도 가고 보내는 마련이래요?
마른 잎은 부는 바람에 불려야만 되나요?
손에 닿고 눈에 익은 모든 것을 버리고
아득한 바다에 몸을 띄워야만 새살림 길인가요?

갈피없는 걱정 쓸데없는 앙탈을 이냥 삼키고,
나는 떠나가네.
싸늘한 두 손으로 얼굴을 싸만지며.

▶▶▶『시문학』(1930)

실제¹⁹⁾

조그만 시인이여 어찌 내 앞에 와 서는가

내 앞에 와서 무슨 말을 써보려는가

아프리카의 탁 터져 끝없는 벌판에

우거진 숲그늘과 촬촬거리는 시냇물이 그리워

내 눈이 눈물을 흘린다고 마치

계집애의 사랑을 잃고 가슴 짜내어 우는

두 볼 여읜 시인의 얼굴로 내 낯을 그리려는가

네 스스로의 달콤한 설움을 버리고

나의 가슴을 네 가슴에 받아들이어

나의 굵은 말을 네 말을 삼으라 시인이여

---

19) 失題

실제[20)

당신은 웃으십니다

이제

살아보려 한다는 내 말을 듣고

방울같이

맑게 울리는 소리로

새삼스럽다

나의 이 큰 결심을 비웃습니다

살아본 일이 없다는 말에는

엄청난다는 듯이 높이 웃으십니다

삶이란 한낱 헛된 그림자라 할 때에

퍼지는 햇발같이 자유스러이

---

20) 失題

그대는 나를 비웃었습니다

너도 이런 것을 아는 날이 올까보아
나는 한갓 두려워한단다

실제²¹⁾

　내일 아침엔 반드시 새로운 태양이 동쪽에서 떠오르리라 믿고 살라는 법은 어디 있노

　이야기 속 같은 어둑나라를 위해 달을 물어올 개는 누구며 해를 물어올 개는 누군고.

---

21) 失題

실제²²⁾

저 달이 다시 이운다
  둥그렇다 다시 이운다
서리 품은 구름이 어른거리니
  바수수 나뭇잎이 지레 듯는다
구월 시월 동지 섣달
  구월 시월 동지 섣달
이렇게 헤이노라니
  스르르 눈물이 눈에서 돈다

국화야 무슨 꽃이랴
  열매 없으니
  나비를 못 맞으니

---

22) 失題

찬바람의 향기는 살을 깊이 에일 뿐
아! 젊은 몸 여름날을 누워 지내고
제철 꽃보다 단풍이 더욱 붉거니
봄새소리보다 귓도리 더욱 잦거니

실제[23]

가벼이 흐른다 우리의 주고받는 웃음의 말은, 그러나, 보라, 눈물로 내 눈은 젖어 있다. 나는 느낀다 이름할 수 없는 슬픔이 내 우에 넘쳐옴을.

오냐 오냐, 우리는 안다 우리는 우스개를 할 수 있고, 안다, 우리는 안다 우리가 가만히 웃을 수 있음을. 그러나 이 가슴속에는 그대의 가벼운 말씀도 쉬임을 줄 수 없고, 그대의 기쁜 웃음도 가라앉힘을 줄 수 없는 그 무엇이 있다.

그대의 손을 내게 다오, 한동안 소리를 그치고, 저 새맑은 눈을 내게로 돌리어, 사랑아, 그대의 가장 깊은 속마음을 거기 읽게 하라.

아! 사랑조차 힘이 없어 마음을 풀어놓아 말 시킬 수

---

23) 失題

없느냐? 사랑하는 사람끼리조차 제가 참으로 느낀 것을 서로 나타내일 기운이 없느냐? 나는 알고 있었다 세상 사람들은 저의 생각을 나타내이면, 남들이 아주 아무렇지도 않게 여기거나 잘못만 찾아내이려 할까보아 감추고 있는 줄로.

실제24)

눈물없다는 자랑하시던 그대언만
남달리 침착하단 말을 듣던 그대언만
맘잃고 눈 아니 마른다 누가 나무라리오

우습다 할까 하니 우습다 말이 되냐
서러워하자 하면 그는 좀 이르잖냐
갑자기 큰 불안 앞에 닥쳐 눈물웃음 어쩌리

내 이리 침착하다 설마하니 어떨소냐
누이야 그 염덜고 아내야 눈물 거둬라
멀으신 두어 이께는 맘놓이실 글을 쓰자

---

24) 失題

여보게 죽는단 말 어이 차마 입에 내랴
그 일을 속속들이 요량함도 아닐세만
죽었다 한번 해봐라 모두 아찔하고나

어이 나를 길러 이러한 양 보렸던가
네 내게 몸을 맡겨 이리 될 줄 알았더냐
못 보는 아기 얼굴은 미리 그려보노라

기다리던 아비는 너를 못 보고 간다
아기야 네 일없이 자라 큰사람 될까
두 눈이 모두 흐리어 앞이 아니 보인다

우습고 잔계교를 수없이 꾸몄더니
너를 못 만나니 펴볼 날이 없겠고나

어리다 혼이 남기를 맘 그윽히 바라니

어젯밤 님의 눈물 새벽에 궂은 비라
쓸쓸한 소리 속에 네 한몸 싸였느니
감은 눈 두줄 눈물이 흘러 고요하고나

바람에 가지가지 우쭐대는 포풀라는
허리를 늠실하며 춤추는 아양일세
내 무어 너의 자유를 부러함은 아닐다

실제²⁵⁾

난 지 이틀 된 아기야 네 이름 무어라냐
'내 이름 기쁨' 겨우 날아 가슴 바로
파득여 자라는 양을 나무라듯 바라노니

그대의 가슴에서 내 노래 울려날 제
메마른 돌틈에는 맑은 새암 솟는고야
저 아래 여남은 일은 눈에 든 채 잊었노라

그대의 웃는 눈에 샛별이 반짝일 제
때아닌 한 포기 꽃 돌틈에 붉었고야
저 아래 뵈는 세상도 먼지 걷혀 그림이네.

---

25) 失題

실제²⁶⁾

괴로움이 어떻더냐 밤 지난 꿈이로다
사랑이 있었더냐 내 거의 잊었노라
새날빛 바람에 감겨 나를 싸고 돌아라
⋯⋯(아침언덕에서)⋯⋯

---

26) 失題

싸늘한 이마

큰 어둠 가운데 홀로 밝은 불 켜고
앉아 있으면 모두 빼앗기는 듯한 외로움
한 포기 산꽃이라도 있으면 얼마나
한 위로이랴

모두 빼앗기는 듯 눈덮개 고이 나리면
환한 온몸은 새파란 불 붙어 있는 인광(燐光)[27]
까만 귀또리[28] 하나라도 있으면 얼마나한
기쁨이랴

파란 불에 몸을 사루면 싸늘한 이마

---

27) 1. 복사 광선에 노출된 물질이, 자극하는 복사 에너지가 사라진 후에도 계속하
여 내는 발광. 2. 빛의 자극을 받아 빛을 내던 물질이, 그 자극이 멎은 뒤에도
계속하여 내는 빛.
28) 귀뚜라미의 전라도 사투리.

맑게 트이여 기어가는 신경의 간지러움
기리는 별이라도 맘에 있다면 얼마나한
즐검이랴

▶▶▶『시문학』(1930)

안 가는 시계

네가 그런 엄숙한 얼굴을 할 줄은 몰랐다

애사29)

    그대 발서 가는가 그대의 가는 한거름을 멈추고 우리의 짧은밤에 귀를 기우리라. 그대가 이길을 이같이 가시리라 뉘 생각해보았으며 이제 이길을 떠나섰다하나 뉘 참아 그를 믿을수있으랴마는 소연한 증거가 눈을 의심코 귀를 못믿어함으로 씻어버릴수 없으니 우리의 가슴에안은 광명한 그대의 얼굴을 허트러진 생각으로 가림을 그대 평소에 모든것을 받어드리든 너그러움으로 용서하라.

    이세상이 비록 그대의 깨끗한마음을 붙이기에 너무 추하다하나 그대의 조그만 집이 그대를 둘러 지킬수있을지며 그대의 불려가는 길이 비록 급하다 하나 남긴자에 대한 그대 사랑의 중함이 그대의 발을 멈추기에 넉넉하

---

29) 哀詞: 애도사(죽음을 슬퍼하는 뜻을 나타내는 글이나 말).

려든 그대의 거름이 어찌 이리 총총한바 있느냐 아 –
군아 그대의 인자하고 착한 성품이 머언 남에게 대하여
일즉 서운한 일이 없거든 스사로 가장 사랑하든 자들을
이 서름의 굴헝가운데 떠러트리고 훌훌히 떠나시니 이
어찌 그대의 뜻이랴 우리 함부로 하날을 원망하고 사람
을 나무라는자 아니언만 억울한정과 비분한 생각이 오로
지 운명의 믿을바못됨을 서어하고 사람의 밝지못함을
뉘우쳐 죽엄과 삼의 사이에서 오히려 종용하든 그대를
본받지 못하고 아직 생생한 그대의 앞에 수다한 말로
구구한 사정의 줄기를 찾어 늘어놓음을 붓 그리노라.
　은애의 지중함에 몸을 바투시는이가 게시고 어리고
약함이 의지할데 적은 이 있나니 그 애끈한 서름앞에
우리의 조그만 서름을 발뵈기 어렵고 마음의 상처는
씻을길 없어 따우에 사람의 서름은 길이 끝이없나니

이미 가시는 그대의길을 오래 멈을줄 없으매 눈물로 이를 맺노라.

　—일구삼공년구월십오일(一九三〇年九月十五日) 아우 박용철(朴龍喆)—친우(親友) 염형우씨(廉亨雨氏) 영전(靈前)에

애사30) 1

그대와 한자리에 나달을 보내올 제
하늘도 푸르러 웃음에 즐겼으나
님이라 부르옵기는 생각 밖이옵더니.

베인 듯 나뉘옵고 말씀없이 떠나시니
하늘이 물에 닿아 다시 뵐 길 바이 없어
님이라 거침없이 불러 야속하여 합니다.

보름달 구름 속에 으스름한 모래톱을
손잡고 거닒은 모래알만 밟음이런가
님이여 흐르는 노래를 걷어잡아 무삼하리.
　　　……(강가으로 거닐던 일)……

---

30) 哀詞

말소리 벌레소리 섞여 남도 한해 여름
높은 목청으로 강물을 놀랬거든
님이여 하늘을 바라고 웃음이나 마소서.

이 마당 가운데 서니 달도 또한 가이없다
묶인 발 푸는 듯이 가벼운 뛰엄거리
우리는 하늘의 그림자 춤추는가 싶었네.

터지듯한 웃음에도 눈물이 있으렷다
삼키어 넘기려면 쓰레까지 배일 것을
그날에 말없이 느끼던 일 겨우 알아집네다

그 전날 젊은 희망 가득 안고 가던 길이

그 길이 되돌아져 죽음길이 되단 말가
파란불 한결같으니 더욱 설워하노라

애사³¹⁾ 2

여위고 식었다만 다름없는 그대심을
눈감아 숨 거두니 죽음이라 부른다냐
이같이 가까운 길이언 돌처 다시 못 오느냐
　　……(그대의 돌아가신 날)……

서럽다 말을 하랴 돌처 생각 우스워라
어젠 듯 만지던 손 사른 재가 되단 말가
이 헛됨 아노라건만 설움 또한 어찌하리
　　……(그대를 불에 사르다)……

두툼한 입술가에 웃음 늘 떠돌건만
구슬인 듯 트인 맘에 눈물아롱 안 가십데

------

31) 哀詞

한아침 이슬이런가 이내 자취 잃어라
　　　……(티 한 점 없는 그대 시드니)……

벗이라 사랑하고 언니같이 두남할 제
철없는 아기더니 저버림만 많았어라
뉘우침 새로웁거늘 어데 갚아보리오
　　　……(전에 지나던 일을 생각고)……

만나면 낯빛 살펴 불고여윔 그념하고
행여 때아닌 때 꺾일세라 애끼더니
네 먼저 버리단 말가 꿈인 듯만 싶어라
　　　……(내 몸의 약함을 몹시 걱정하더니)……

앞서와 살펴보고 얌전한 집 추어주련

새집 들어 설레는 밤 같이 앉아 웃어주련
첫손님 안 보이신다 기쁠 것도 없어라
　　……(새집에 드니 문득 더 그리워진다)……

애사[32] 3

수숫대 울섶 짓고 새 지붕 가츤한데
골목에 사람 그쳐 예런 듯 괴괴하다
아마도 내 들은 소식 헛된 줄만 싶어라

나무람 잦으심은 남다른 자애로서
머리밑 희어지심 낫게 살릴 근염에서
그로서 마저 버리신가 가슴 미어집네다

나란한 다섯 아들 그중 맏이 스물 안 적
여러 해 포 막혔던 딸 첫길 분곡 며늘애기
한울음 어우러지니 걸려 어이 가신가

---

32) 哀詞

한해 앞선 형님 계셔 쉬흔세 해 얽힌 가지
성품 다르신 채 우앨사 더욱 깊어
느끼워 울음하실 제 새로 주름 깊어라

적으신 체수 단정하고 흰머리 삭글한데
손마저 부비시며 허리 굽혀 걸으시나
일 만나 내펴실 제면 굽힘 모르시더니

잘잘못 뉘 없으리
이해(利害)에 사는 세상 다툼인들 없었으리
홀연히 먼 길 가시매 죄다 기려합네다

어느 밤

저녁때 개구리 울더니
마침내 밤을 타서 비가 나리네

여름이 와도 오히려 쓸쓸한 우리집 뜰 우에
소리도 그윽하게 비가 나리네

그러나 이것은 또 어인 일가 어데선지
한 마리 벌레소리 이따금 들리노나

지금은 아니 우는 개구리같이
내 마음 그지없이 그윽하여라 고적하여라

어디로

내마음은 어디로 가야 옳으리까
쉬임없이 굶은비는 나려오고
지나간날 괴로움의 쓰린기억
내게 어둔 구름되여 덮히는데.

바라지 않으리라든 새론 히망
생각지 않으리라든 그대 생각
번개같이 어둠을 깨친다마는
그대는 닿을길없이 높은데 계시오니

아 — 내마음은 어디로 가야 옳으리까.

▶▶▶『시문학』(1931)

연애

어젯날이 채 가지도 않아
또 새로운 날이 부챗살을 피는 나라 오 ― 로 ― 라

언덕에는 꽃이 가득히 피고
새들은 수없이 가지에서 노래한다

옥향로

맑게 틘 옥향로에 귀한 향을 사르나니
한줄 푸른 연기 하늘로 오릅니다
내 마음 또한 그윽히 찾아 한분 뵙니다.(그대)

애끼는 몸과 맘을 아낌없이 내맡기는
믿는 이 고운 뜻을 받드는 맘 떨리나니
얼굴로 어여삐 보던 맘 부끄러워집네다.

높은 이마 지혜롭고 흰 살이 맑았나니
한점 틔어오는 옥이런들 어떠하리
조심히 어루만지어 차마 놀 줄 없어라.

하늘도 웃어주소 햇님도 부러하소
수줍은 큰애기네 별님들은 숨어주소

고운 님 안은 두 팔이 기쁨 가득 넘치네.

어제같이 가난튼 맘 온 세상이 가소롭네
발돋움 뛰어올라 외쳐본다 시원하리
세상아 날 우러(러)보소 님의 사랑이라네.
　　　　……(이상 내금강길과 비로봉에서)……

땅에서 오르는 김 품었느니 파란 내 맘
씻은 듯 빛이 나고 돋우느니 푸른빛이
미칠 듯 부둥켜안고 뺨을 부벼보오리.
　　　　……(봄언덕)……

우리의 젓어머니(소년의말)

자유의 푸른하날은 우리의 젓어머니
우리는 어둔속에 엄마를 찾어우니
아즉도 젓먹고싶은 어린영웅 들이다

자유의 푸른하날은 우리의 젓어머니
우리는 시퍼런칼 피를보는 싸흠에서
얼골에 칼흔적있는 사나히가 되련다

자유의 푸른하날은 우리의 젓어머니
가벼운 솜자리를 어느결에 거더차고
우리는 찬돌우에서 어린꿈을 맺는다

▶▶▶『시문학』(1930)

유쾌한 밤

서울 십일월도 이처럼 다정한 적이 있더란가
종로 공기도 이렇게 가슴 넓히는 적이 있더란가
하, 하, 하, 웃음에 주름살이 피이어 하늘이 웃죽 물러
선다

미끄러지듯 전깃불 밑으로 기어가는 택시 안에 정다
운 둘이 내어다보고
조그만 놈이 종종 걸어 흘깃 눈으로 스치니
우리의 여왕은 주황빛 외투깃을 검은 목도리 우로 세
우는구려

— 덴 가쓰는 잡탕에 돈이 들어 팔보탕 정도더라
— 그애의 입모습이 어엽더구나
동무의 모자도 덮지 않은 머리가 제멋으로 너벌거렸다

125

길잡이야 우리의 길을 훨씬 돌음길로 잡아라
아스팔트 우에 우리의 걸음이 너무나 가비여우니
세 갈림길이 하나 닥치고 보면 돌아서기도 어려우리라

저 건너서 시시덕거리는 양복축들은 어우러져 춤이라
도 줄까보다
향료 바른 것처럼 아른한 감각이 살결을 지진거리니
가벼운 배에 따끔한 커피가 내 피를 온통 울려냈구나

꿈나잎 좋은 꿈 꾸소 대문을 콩콩 뚜드리시오 ─
자 ─ 우리도 여기서 동으로 서으로 손을 나누세 ─
······아차 하마터면 공연한 앞엣사람의 어깨를 칠 뻔
했네그려

이대로 가랴마는

설만들 이대로 가기야 하랴마는
이대로 간단들 못 간다 하랴마는

바람도 없이 고이 떨어지는 꽃잎같이
파란 하늘에 사라져버리는 구름쪽같이

조그만 열로 지금 수떠리는 피가 멈추고
가는 숨길이 여기서 끝맺는다면 ―
아 ― 얇은 빛 들어오는 영창 아래서
차마 흐르지 못하는 눈물이 온 가슴에 젖어나리네

인형

나를 좀 보셔요
나를 좀 보셔요

나를 좀 만져보셔요
손끝이 정말 자릿하지요

왜 나를 위해 베아트리체의 시를 쓰는 사람은
하나도 없을까요

절망33)에서

나는 이제 절망의 흙 속에
파묻혀 엎드린 한 개의 씨
　아 ― 한없는 어둠……
　과 고요……
그러나 그러나
　천 천 히 천 천 히
나는 고개를 든다
　천 천 히 천 천 히
　그러나 힘있게 우으로
나는 머리를 밀어올린다……
나는 숨을 쉬었다 지구를 나는 뚫었다 ―
　나는 팔을 뻗친다 ―

---

33) 絶望. 바라볼 것이 없게 되어 모든 희망을 끊어 버림, 또는 그런 상태.

나는 다리를 뻗친다 —
아 — 나는 이제 아침해 비췬 언덕 우에
두 팔 쳐들어 온몸 훨씬 펴고 서 있는
오 — 서 있는 사람이로라

정희를 가름하야

촛불이 무어완대 멀거니 바랐는고
품이 그립단 말이야 차마 하랴
네 얼굴 다만 바랐고 손을 쥐어보고저

우습다 우습다 하며 저절로 나는 눈물
운다 운다 웃으니들 무어 그리 우스운고
날더러 어리석단가 저도 보면 알 것을

남달리 여겼더니 내 하어이 어리석어
밝은 달이 원망될 줄 이제야 깨달은고
가지를 울리는 바람아 고이 건너가렴아

그윽한 닭의 울음 하멀리 들려온다
달근한 잠은 널 좇아 거기 간가

베개만 뺨을 만지니 헛든하다 하올까

눈에 자취 아른아른 가슴만 문득 메어
또렷한 그림을 들어보니 돌오심중
이렇듯 못 잊을 놈을 어이 뗀고 싶어라

너도 공주 아니언디 내사 무슨 왕자라냐
이야기 가운데 나오는 사람같이
떨어져 서로 기리기만은 무슨 일고 싶어라

정희에게

공기는 높고 맑아 새암물 약이 되고
친구 같은 아버지와 동기 같은 어머니라
지붕이야 조그마하던 다시 없어 뵈더라

시냇물소리 따라 지껄이는 말소리며
새악시 웃음에 굴러가는 거름이매
어느덧 접어드는 길을 잊고 지나가더라
                 ……(안양사도중(安養寺道中))……

어제야 알았던가 십년을 사귓던가
비인 말 하지 아녀 마음 서로 비취든가
많을 듯 적은 말씀을 그대 하소하여라

마른잎 깔아놓은 뒤언덕을 뛰어채니

장하다 철원벌 눈 아래 깔리는고
말 달릴 젊은 마음이 도로 살아오도다

발맞추던 여섯 걸음 돌아서니 헛되어라
마음에 등을 지니 그림잔들 위로되랴
뒷자취 애처로워라 더진 듯 걸어가더라

궁예의 꿈을 실은 철원벌에 달만 여겨
흐린 눈 떼어보니 다만 한방 전등빛을
윗방에 누이의 숨소리는 들려들려 오더라

좁은 하늘

나의 하늘에도
나의 이 좁은 하늘에도
새는 날아온다

윗처마와 아랫처마 사이의
발 남짓한 이 하늘에도
날씬한 몸 새는 날아온다

혹이 날아오다
이내 지나가노나
사라지는 그림자야
사라지는 그림자야
자취도 없이 사라지는 그림자야
모든 사라지는 그림자는 헛될거나

새는 한가로이 지나가노나

타이피스트 양[34]

기계란 녀석이 피로한 얼굴을 하는 것은
　무슨 또 어긋난 수작이냐

착상만 하면 틀림없이 글자 찾는 법을 배우려면
　내게로 오셔요 시인아

---

34) 孃(아가씨 양)

하염없는 바람의 노래

나는 세상에
즐거움 모르는
바람이로라
너울거리는
　나비와 꽃잎 사이로
속살거리는
　입술과 입술 사이로
거저 불어지나는
마음없는 바람이로라

나는 세상에
즐거움 모르는
바람이로라
땅에 엎드린 사람

등에 땀을 흘리는 동안
쇠를 다지는 마치의
　올랐다 나려지는 동안
흘깃 스쳐지나는
　하염없는 바람이로라

　나는 세상에
즐거움 모르는
　바람이로라
누른 이삭은
　고개 숙이어 가지런하고
빨간 사과는
　산기슭을 단장한 곳에
한숨같이 옮겨가는

얻음없는 바람이로라

　　나는 세상에
　즐거움 모르는
　　바람이로라
잎 벗은 가지는
　소리없이 떨어 울고
검은 가마귀
　　넘는 해를 마저 지우는 제
자취없이 걸어가는
　　느낌없는 바람이로라

아 — 세상에
　마음 끌리는 곳 없어

호을로 일어나다
스스로 사라지는
즐거움 없는
바람이로다

한 조각 하늘

무심한 눈을 들창으로 치어들다,
한 조각 푸른 하늘이 눈에 뜨이어.

이 얼마 하늘을 잊고 살던 일이 생각되어
잊어버렸던 귀한 것을 새로 찾은 듯 싶어라.

네 벽 좁은 방안에 있는 마음이 뛰어
눈에 거칠 것 없는 들녘 언덕 위에
둥그런 하늘을 온통 차일 삼고
바위나 어루만지며 서 있는 듯 기뻐라.

▶▶▶『시문학』(1930)

해후

그는 병난 시계같이 휘둥그래지며 멈칫 섰다.

희망과 절망은

어느 해와 달에 끄을림이뇨
내 가슴에 밀려드는 밀물 밀물

둥실한 수면(水面)은 기름같이 솟아올라
두어 마리 갈매기 어긋져 서로 날고

돛폭은 바람 가득 머금어
만릿길 떠날 채비한다

그러나 이 순간을 스치는 한쪽 구름
가슴 폭 내려앉고 깃발은 꺾어지며

험한 바위 도로 다 제 얼굴 나타내고
검정 뻘은 죽음의 손짓조차 없다

남은 웅덩이에 파닥거리는 고기들
기다림도 없이 몸을 내던진 해초들

우연은 머리칼처럼 헝클어지도 않았거니
너는 무슨 낚시를 오히려 드리우노

희망과 절망의 두 둥처기 사이를
시계추같이 건네질하는 마음씨야

시(詩)의 날랜 날개로도 따를 수 없는
걸음 빠른 술래잡기야 이 어리석음이야

들어오며 다시 나가며 부질없는 이 호흡
너는 그래 6월 소보다 더 헐떡거릴 뿐이냐

Be nobler[35]!

— He fears lest his love should fall

더 높아져라, 닿을 길 없이 높아지거라……
머언 하늘 푸른 자리 그윽히 빛나거라.
　내 맘의 맑은 샘에 네 얼굴 잠기나니……
별같이 차신 님을 그려봄만 자랑이리.

그러나, 가슴 깊이 떨리는 두려움은 —
　산기슭 히야신스[36] 목동의 발에 맡겨
　맑은 샘 던지는 돌 흙장을 일으킬까 —
오, 영원한 이 거울이 산산이 부서지면!

---

35) (→)noble. 고귀한. 숭고한, 고결한.
36) Hyacinth. 백합과의 여러해살이풀로 높이는 15~30cm이며, 잎은 뭉쳐나고 파침 모양이다. 초여름 청색, 자주색, 붉은색, 노란색, 흰색 따위의 종 모양 꽃이 서로 모여 있고, 열매는 삭과로 7월에 익는다.

높아져라, 더 높아지거라 닿을 길 없이
별같이 차신 님를 그려봄만 자랑이리.

Invocation[37]

겨울은 이미 오래다. 봄이여 오 ― 봄아
너의 걸어옴이 너무 더디고나
이 답답한 구름이 끼인 지 오래다 해야
너의 나타남이 너무 드물고나

치위와 어둠에 우리의 숨 그치기 전에
우리의 핏줄에 새 피를 부어넣주라
팔들은 마른 가지같이 하늘로 뻗치고
눈은 그리움에 겨워 멀거니 바람나니

무겁게 나려디린 장막을 헤치고
앞가림 들치며 용상에 나앉는 왕자(王者)같이

---

37) (신을 향한) 기도. (권한을 지닌 이를 향한) 탄원.

너의 불그레한 밝은 낯을 내어놓라
기다림에 지친 우리의 절을 받아주라

쇠뚜껑같이 까딱않는 구름을 깨치고
막을 길 없는 너의 힘을 우리게 베풀어주라

박용철

(朴龍喆, 1904.06.21~1938.05.12)

본관은 충주(忠州). 아호는 용아(龍兒). 전라남도 광산군 송정읍(지금의 광주광역시 광산구) 출신. 아버지 박하준(朴夏駿)과 어머니 고광 고씨(高光高氏, 혹은 長澤 高氏)의 4남매 중 장남이다.

1916년 광주공립보통학교 졸업하였다.

1917년 휘문의숙(徽文義塾)에 입학하였다가 바로 배재학당(培材學堂)으로 전학하였다.

1919년 16세 때 울산(蔚山) 김씨 김회숙(金會淑)과 혼인하였다.

1920년 배재학당 졸업을 몇 달 앞두고 자퇴 후 귀향하였다. 그 뒤 일본 동경의 아오야마학원[靑山學院] 중학부를 다녔다.

1923년 도쿄외국어학교 독문학과에 입학하였으나 관동대지진으로 학업을 중단하고 귀국하였다. 이후 연희전문학교(延禧專門學校)에 입학하였으나 몇 달 만에 자퇴하였다.

1924년 창작희곡 「해피나라」(『연희』)를 발표하였다.

1926년 창작희곡 「말 안하는 시악시」(연희전문 학생극 대본으로 선정

되어 공연)를 발표하였다.

1928년 9월 창작희곡 「석양」(배화 학생극 대본)을 발표하였다.

1929년 부인 김희숙과 이혼하였다.

1929년 대표작인 「떠나가는 배」, 「이대로 가랴마는」, 「밤기차에 그대

를 보내고」, 「싸늘한 이마」 등을 시작(詩作)하였다.

1930년 3월 '시문학사'를 설립하였다.

3월 5일 『시문학』 창간호[38]에 창작시 5편(「떠나가는 배」,

「이대로 가랴만은」, 「싸늘한 이마」, 「비나리는 날」, 「밤기차

에 그대를 보내고」)과 독일 번역시 2편(쉴레르의 「헥토르의

이별」와 괴테의 「미뇬의 노래」)과 「편집후기」를 실었다.

5월 20일 『시문학』 2호에 창작시 4편(「시집가는 시악시의

말」, 「우리의 젓어머니」, 「한조각 하날」, 「사랑하든 말」)과

---

38) 1920년대 카프(KAPF)가 어수선해질 무렵, 각종 이념에 혹사당하던 우리
언어를 어루만지고 다듬으며, 시를 다른 무엇에 복무하는 도구가 아니라 그
자체로 아름다운 빛을 뿌리는 예술의 자리에 다시 세운다. 정치이데올로기
등에서 한 걸음 물러나 문학 자체의 자율성과 미학을 추구한 시인들, 즉
'시문학파'(박용철, 김영랑, 정지용, 신석정, 이하윤, 정인보 등)의 탄생을
알린 것이 바로 『시문학』의 창간이다.
『시문학』에 발표된 창간 의의는 '시문학파'의 순수문학론이자, 박용철의 독자
적인 시론인 '존재의 시론'의 서곡인 셈이다.

하이네 번역시 10편(「내 눈물에서는」, 「다수한 봄밤」, 「나를 사랑하는 줄이야」, 「남의 나라에서」, 「이러나며 뭇는 말」, 「뺨에 뺨을 대여라」, 「한마듸 말슴에다」, 「노래의 날개에 너를 실고」, 「아름다운 물고기잡이 아가씨」, 「솔나무는 외로이 서서」)과 「편집후기」를 발표하였다.

1931년 5월 누이동생 박봉자(朴鳳子)의 이화여자전문학교 친구였던 임정희(林貞姬)와 재혼하였다.

1931년 10월 10일 『시문학』 3호에 창작시 1편 「선녀(仙女)의 노래」, 창작시조 6수 「哀詢 中에서」와 하이네 작 독일 번역시 10편(「원망도 안는다」, 「아름다운 세상」, 「사랑을 보낸 다음에는」, 「아름다운 희망은」, 「저의 둘은」, 「숲가운대로」, 「서투른 길에」, 「오월이」, 「너를 사랑함으로」, 「내 안해되는 날에는」과 「시인의 말」), 그리고 「편집후기」를 발표하였다.

11월 1일 『문예월간』 창간호[39])에 창작시 2편(「고향」, 「어듸로」)과 시조 6수, 그리고 평론 「효과주의적 비평논강」 등을 발표하였다.

---

39) 출판사명을 '시문학사'에서 '문예월간사'로 바꾸었다. 『시문학』의 연장선에 있으나 소설·영화 등으로 장르의 폭을 넓히고 괴테 사후 100주년 특집을 다루는 등 해외 문학에 지면을 할애하였다.

12월 1일 『문예월간』 2호에 평론 1편 「문예시평」과 번역시 4편 언터마이어(Louis Untermeyer, 미국)의 「석회갱부(石灰坑夫)」와 「의심」, 로버트 브리지스(영국)의 「나이팅게일」, S. 부르크(영국)의 「지구(地球)와 사람」 등을 발표하였다.

12월 7일 『중앙일보』에 평론 「신미시단의 회고와 비판」을 발표하였다.

1932년 1월 1일 『문예월간』 3호에 단평 「문예계에 대한 신년희망: 소설계에」와 시조 5수 발표하였다.

1월 12일 『동아일보』에 평문 「쎈티멘탈리즘도 可一三二 年 문단전망」 게재하였다.

3월 1일 『문예월간』 4호 괴테특집호를 발간하면서 괴테의 시 8편(「거친들의 장미」, 「이별」, 「멀리 간 이에게」, 「냇가에서」, 「해금타는 늘근이의 노래」, 「미뇬의 노래」, 「목양자(牧羊者)」)과 소설 「베르테르의 슬픔」을 번역하고 '괴테연표'를 편집하여 실었다.[40]

3월 22일 『동아일보』에 번역시 「애수(哀愁)」를 발표하였다.

5월 『동방평론』에 번역시 「이름없는 애국자의 무덤」(토마스

---

40) 이후 『문예월간』은 종간되었다.

무어)을 발표하였다.

6월 30일~7월 5일 『동아일보』에 연극평론 「실험무대(實驗舞臺) 제2회 시연초일(試演初日)을 보고」를 발표하였다.

7월 『신생』에 번역시 「밤」(파아젠), 「근심」(하우스먼)을 발표하였다.

10월 『신생』에 번역시 「노래」(메레이드)를 발표하였다.

1933년 2월 『조선일보』에 극예술연구회 제3회 공연 극본해설 「우정에 대하야」를 게재하였다.

6월 11일 『동아일보』에 번역시 「오나라」(티즈데일)를 발표하였으며, 장기제·김광섭과 함께 「무기와 인간」(버나드 쇼)을 공동번역 게재하였다.

9월 15일 『동아일보』에 번역시 「애국심」(마독스 휴퍼)을 게재하였다.

11월 『중앙』에 전쟁시 2편(깁슨)을 게재하였다.

11월 극예술연구회 제5회 공연대본 피란델로 작 「바보」와 셰익스피어 작 「베니스 상인」 법정장면을 번역하였으며, 유치진의 「버드나무선 동리의 풍경」과 셰익스피어의 「베니스 상인」 법정장면에서 단역으로 출연하였다.

11월 25~26일 『동아일보』에 피란델로 작 「바보에 대하야」

를 번역 게재하였다.

1934년 1월 1일『문학』창간호[41]에 번역시 2편(브라이언 후커의 「꿈나라 장미의 노래」, 시드니 라니어 「저녁노래」)와 키에르케고르의 번역시론 「VERSCHIEDENE1」을 게재했으며, 「편집여언(編輯餘言)」을 실었다.

1월 극예술연구회 기관지『극예술』을 창간하기로 하고 편집과 발행을 맡았다.

2월 1일『문학』2호에 하우스먼의 번역논문 「시의 명칭과 성질」[42]과 키에르케고르의 번역시론 「VERSCHIEDENE2」과 「편집여언(編輯餘言)」을 실었다.

2월『신가정』에 「여류시단(女流詩壇) 총평(總評)」을 기고하였다.

3월『문학』3호에 릴리안 리온의 「거울」, 하우스먼의 케임브리지대학 강연 시론 「시의 명칭과 성질」을 번역하여 발표했으며 「후기(後記)」를 실었다.[43] 극예술연구회 제6회 공연과 동

---

41) 1933년 12월『문학』을 창간하였고, 김영랑·신석정·이하윤·유치환을 끌어들여 시문학파의 건재를 안팎으로 알렸다. 또한 편집·발행·재정 등의 역할을 맡았다.

42) 박용철은 시의 내용이나 지성을 부정하고 광적인 영감과 창작 과정을 중요시한 하우스먼(A. E. Houseman)의 영향을 받았다.『문학』3호에 「시의 명칭과 성질」을 번역하여 발표하는 등 이후 한층 구체적이고 체계적인 이론을 펼친다.

시에 『극예술』 창간호를 발행하였으며 무료로 배포하였다.

12월 7일 극예술연구회 제7회 공연 때『극예술』제2호 발행[44]하였다.

1935년 2월 『시원』에 창작시와 단편을 발표하였다.

3월 1일『동아일보』에 수필「봄을 기다리는 맘: 너를 어찌 참아」를 발표하였다.

4월 『시원』에 창작시「밤」을 발표하였다.

8월 『시원』에 창작시「소악마(小惡魔)」를 발표하였으며, 『극예술』 제3호를 발행하였다.

10월 27일 『정지용 시집』을 발간하였다.

11월 『조광』에 수필「한거름 비켜서면」을 발표하였다.

11월 5일 『영랑시집』을 발행하였다.

12월 『시원』에 창작시「그 전날 밤」을 발표하였다.

12월 24~28일 『동아일보』에 평론「을해시단(乙亥詩壇) 총평(總評)」[45]을 발표하였다.

---

43) 이후 『문학』 종간되었다.

44) 창작희곡「말 안 하는 시악시」, 「사랑의 기적」을 이 시기에 쓴 것으로 추측된다.

45) 비평가로서 박용철의 재능과 노력이 제대로 드러난 작품이다.
   1935년 말 임화는 「담천하의 시단 1년」(『신동아』)을 발표하면서 김기림을 비롯한 모더니스트들과 박용철이 속한 시문학파를 싸잡아 "시대 현실을 외면한 채 '말초신경'의 언어를 제작함으로써 '시적 언어'에 실패한 무리"라고

1936년 1월 『삼천리』에 브라이언 후커의 시 「꿈나라 장미의 노래」를 번역 발표하였다.

3월 18~19일 『동아일보』에 평문 「기교주의설의 허망」을 기고(김기림·임화와 '기교주의' 논쟁 벌임)하였다.

3월 21~25일 『동아일보』에 평문 「기술의 문제」(상·중·하)를 발표하였다.

4월 『조광』에 「백석시집 『사슴』 평(評)」을, 『여성』에 「여걸

몰아붙인다.

이에 박용철은 12월 「을해시단 총평」(『동아일보』)을 통해 모더니스트 김기림의 시 「기상도」와 시론 「오전의 시론」을 분석하면서 김기림의 시 정신 결여와 지성 과잉을 지적함과 동시에 임화의 순수문학에 대한 편견을 적시하면서 "과연 그렇게 말하는 임화의 시는 '시적 언어'에 성공한 것인지"를 물어보며, 두 사람 모두를 비판하였다.

이에 임화는 「기교파와 조선시단」(『중앙』, 1936년 2월)을 통해 박용철을 비롯한 순수파를 '일체의 현실적 내용'을 부정하는 기교파라고 하면서 맹비난하였다.

이러자 박용철은 「기교주의설의 허망」(『동아일보』, 1936년 3월)에서 '기교'란 시를 창작하는 기술로 오랜 수련과 체험이 쌓인 시 정신의 성숙에서 자연스럽게 우러나오는 일련의 과정이라 반박하며 '시적 기교'의 불가피성을 피력하였다.

이후 박용철의 시론은 『삼천리문학』에 1938년 1월에 발표된 「시적 변용에 대해서」를 통해 체계화된다. "시 정신이 구체적으로 드러나는 결과는 '변용'이라는 개념으로, 그 변용에 이르기까지 시인이 겪는 내적 고통과 갈등의 과정을 '기다림'으로 정의한다. 아울러 이를 온갖 수난과 노력 끝에 한 송이 꽃을 피워내는 '나무'에 비유하며 고통스러운 '기다림'의 단계를 거쳐 언어의 한계를 극복할 때 비로소 진정한 시적 '변용'을 만날 수 있다"는 '변용과 기다림'의 시론을 세운다.

사제(女傑四題)」를 발표하였다.

5월 29일 극예술연구회 제11회 공연 때 『극예술』 제4호를 발행하였다.

9월 29일 극예술연구회 제12회 공연 때 『극예술』 제5호를 발행하였다.

1937년 12월 21~23일 『동아일보』에 평론 「정축년회고(丁丑年 回顧): 시단(詩壇)」을 발표하였다.

1938년 1월 『삼천리문학』에 평론 「시적 변용에 대해서」[46]를 발표하였다.

4월 『삼천리문학』에 창작시 「만폭동(滿幅洞)」를 발표하였다.

1938년 5월 서울 사직동 자택에서 후두결핵으로 타계하였다.

1939년 5월 5일 시집 『박용철전집』 제1권(시문학사)이 간행되었다. 김영랑·정지용·이헌구·함대훈·김광섭 등이 편집하여 미망인 임정희가 발행하였다.

---

46) 박용철은 이 평론을 통해 '변용과 기다림'의 시론을 세운다. 그러나 박용철은 스스로 추상성과 모호성이라는 껍질에서 벗어나지 못한다. 과학적이고 분석적인 사고를 중시하는 모더니스트와 프로문학가들을 설득하는 데 실패하며, 오히려 그들로부터 시론이나 비평이 감상에 불과하다는 비판을 받는다.

1940년 5월 20일 평론집『박용철전집』제2권(시문학사)이 간행되었다.

1963년『박용철전집』제1~2권의 영인본(현대사)이 간행되었다.

1968년 12월 31일『박용철시집』(현대문학사)이 간행되었다. 시인 민영, 박용철의 처남 임영무 등이 전집에 실린 시들 중에서 1차 선정한 후 미당 서정주가 재선하여 임정희가 발행하였다.

1970년 8월 '영랑·용철 시비건립위원회'에 의해『영랑·용아시선』(세운문화사)이 간행되었다. 12월 전남 광주시 광주공원 시인동산에 용아(龍兒) 박용철, 영랑(永郎) 김윤식의 시비가 건립되었다.

1975년『박용철전집』(상·중·하, 문학사상사 자료조사연구실)이 발행되었다.

1985년 11월 15일 광주광역시 광산구청에서 송정공원에 박용철 시비가 건립되었다.

1991년 11월 15일 시집『떠나가는 배』(미래사)가 발행(정한모·권두환·최동호·권영민 등이 편집)되었다.

우리 언어를 어루만지고 다듬어 아름다움을 극대화하다

박용철은 1930년대 사재를 털어 문예잡지 『시문학』 3권(1930), 『문예월간』 4권(1931), 『문학』 3권(1934) 등 도합 10권을 간행하였다. 또한 문학활동에 전념하면서도 그가 주재하던 시문학사에서 1935년 『정지용시집』과 『영랑시집』을 간행하였지만, 정작 자신의 작품집은 내지 못하였다. 『시문학』 창간호에 「떠나가는 배」·「밤기차에 그대를 보내고」·「싸늘한 이마」·「비내리는 날」 등을 발표하면서부터 본격적인 시 작품활동을 하였으며, 『시문학』·『문예월간』·『문학』 및 기타 잡지에 많은 작품들을 발표하였다. 또한 발표되지 않고 유고로 전하여진 작품도 상당수에 달한다. 자신이 주축이 된 시문학 동인활동과 '해외문학파', '극예술연구회' 회원으로 참여하여 연극공연을 위한 몇 편의 희곡(입센 원작 『인형의 집』, 그리고 「바보」, 「베니스 상인」, 「말 안하는 시악시」, 「사랑의 기적」… 등)을 번역 및 창작하였으며 직접 단역으로 출연하기도 했다. 방대한 번역시 등을 통해 해외문학을 국내에 소개하는 선구적인 역할을 했다는 점은 한국 근현대문학사에서 큰 의의라 하겠다. 이 번역문학은 지나치게 서구문학사조에 편향되어 있던 1920년대 문단을 보다 높은 차원의 시창작으로 전환시켰으며, '민족언어의 완성'이라는 커다란 과제를 제시하였다.

또한 『삼천리문학』에 실린 박용철의 대표적인 평론인 「시적 변용에 대해서」(1938)는 지금도 널리 읽혀지는 시작(詩作) 이론이다. 이 시론을 통하여 1930년대 초반 『시문학』이 기틀을 잡는 데 많은 공헌을 하였으며, 1930년대 중반부터는 모더니즘과 기교주의 논쟁에서도 순수파의 입장을 적극적으로 옹호하였다.

떠나가는 배[47)

1930년 3월 『시문학』 창간호에 발표된 시로, 박용철이 김영랑에 보낸 서신에 의하면 1929년 9월에 쓴 것이다.

박용철의 시는 순수한 서정세계를 소박하게 드러낸다. 이 시에서도 자신의 내면을 숨김없이 토로하여 독자들에게 감동을 준다. 해방 전 당시의 현실에서 느끼는 불우한 마음이 희망의 뜻을 품고 어디론가 떠나야겠다는 우수와 낭만이 깔려 있다.

---

47) 「떠나가는 배」의 1연은 가수 김수철의 노래 〈나도야 간다〉 가사에 일부 차용되어 후렴으로 불리게 된다.

나 두 야 간다

나의 이 젊은 나이를

눈물로야 보낼거냐

나 두 야 간다

(…중략…)

나 두 야 가련다

나의 이 젊은 나이를

눈물로야 보낼거냐

나 두 야 가련다.

'나두야 간다'를 '나 두 야 간다', '나두야 가련다'를 굳이 '나 두 야 가련다'라고 쓴 점을 볼 때 작품 전체의 리듬을 중요시한 작품이다. '나두야 간다'라는 확고한 진술을 새로운 세계를 찾아 떠나는 젊은이의 의지를 나타냄과 더불어 그 기쁨과 가슴설레임을 환기시켜 준다. 2~3연은 그가 남기고 가는 사람들과 공간에 대한 아쉬움을 노래하면서 앞으로 마주칠 세계에 대한 불안함을 암시하고 있다. 이 시는 어딘가 정박지를 찾아 떠나가는 '배'에 인생을 비유한 작품이

다. 여기에서 키에르케고르 식의 인생관과 우수를 엿볼 수 있다. 즉,
19세기 초 낭만주의를 근간으로 하고 있다. 또한 이 시는 한국적 영탄
정신과 현실주의를 볼 수 있다.

큰글한국문학선집: 박용철 시선집
떠나가는 배

1판 1쇄 발행 _ 2018년 04월 30일

지은이 _ 박용철
엮은이 _ 글로벌콘텐츠 편집부
펴낸이 _ 홍정표

펴낸곳 _ 글로벌콘텐츠
　　　등록 _ 제25100-2008-000024호

공급처 _ (주)글로벌콘텐츠출판그룹
　　　주소 _ 서울특별시 강동구 풍성로 87-6　**전화 _** 02-488-3280　**팩스 _** 02-488-3281
　　　홈페이지 _ www.gcbook.co.kr　**메일 _** edit@gcbook.co.kr

값 15,000원
ISBN 979-11-5852-181-3 03810